신엄중학교 학생들의 시 161

공부하기 싫은 날

작은숲 청소년 007

신엄중학교 학생들의 시 161 공부하기 싫은 날

2014년 2월 10일 제1판 제1쇄 인쇄
2016년 10월 3일 제1판 제3쇄 발행

엮은이 김수열, 이경미
펴낸이 강봉구

디자인 비단길
인쇄제본 (주)아이엠피

펴낸곳 작은숲출판사
등록번호 제406-2013-0000801호
주소 413-170 경기도 파주시 신촌로 21-30(신촌동)
서울사무소 100-250 서울시 중구 퇴계로 32길 34
전화 070-4067-8560
팩스 0505-499-5860
홈페이지 http://www.작은숲.net
페이스북 http://www.facebook.com/littlef2010
이메일 littlef2010@daum.net

ISBN 978-89-97581-41-2 43810
값은 뒤표지에 있습니다.

작은숲
청소년
007

신엄중학교 학생들의 시 161

공부하기 싫은 날

김수열·이경미 엮음

작은숲

차례

책 머리에 | 백 예순 한 송이 꽃들을 위하여 ——— 14

1부 내 이야기

언젠가 끝날 이 길 위에서

그런 사람이고 싶다 • 양지윤 ——— 18
나는 알바생이다 • 고민지 ——— 20
길 • 차주연 ——— 21
이놈의 세탁기 • 강아름 ——— 22
우리 남매 • 김주은 ——— 24
한 자리 서술어 • 이세림 ——— 26
인생 • 고정우 ——— 28
이상형 • 송경아 ——— 29
내 얼굴 • 이주현 ——— 30
파랑새 • 채병훈 ——— 31
시간 • 김요한 ——— 32
내 얼굴 • 장지원 ——— 33
나의 꿈 • 박수연 ——— 34

되고 싶다 · 고은솔 —— 35
버려지는 것 · 현동은 —— 36
내 이름은 정장원 · 정장원 —— 37
내 생의 마지막 날 · 고봉진 —— 38
용 · 박민우 —— 39
요리사 · 홍지선 —— 41
꿈 · 송윤주 —— 42
태양처럼 · 이현석 —— 43
우리 집 · 고민성 —— 44
어머니의 밥상 · 이은정 —— 45
내 조카 · 서소연 —— 46
추억 · 문영지 —— 47
쌍둥이 여동생 · 장혜완 —— 48
잔소리 · 강민주 —— 49

2부 친구 이야기

그대는 나의 사계절

바보 · 현상옥 52
친구 · 원세은 54
친구와 나의 사이 · 허인재 55
친구의 고민 · 원선옥 57
친구 · 이선우 58
오빠 · 김유라 60
친구란? · 박창민 61
내 친구 유미 · 이다은 62
내꺼 이다은 · 정승희 63
강아지 나슬이 · 송수연 64
두 민성 · 강민성 66
첫눈에 · 김민희 67
친구 · 송다현 68
진하고 연한 설렘 · 원선영 69
그대 · 김동건 70
그녀 · 진호준 71
첫사랑 · 강지혜 72
친구 · 송희진 73
너랑 나 · 하지연 74
친구들 · 이신혁 75

내 친구 · 계지현 77
그대라는 사계절 · 조유진 78
김도현 · 이동진 79
내 친구 정수 · 김유홍 80
그녀 · 안유빈 81
무서운 그녀 · 송미연 82

3부 우리 동네 이야기

눈이 쌓여 꼭 팥빙수 같은

우물의 비밀 · 하승연 86
소나무 · 김은수 88
가을 · 계시현 90
눈 오는 밤 · 최규원 91
눈 내리면 · 문예원 92
하늘의 꽃 · 정승연 94
눈 · 지혜영 96
태양 · 김재용 98
꽃을 품고 있었겠지 · 신진혁 99
갈매기 · 구근호 100
눈 · 강연수 101

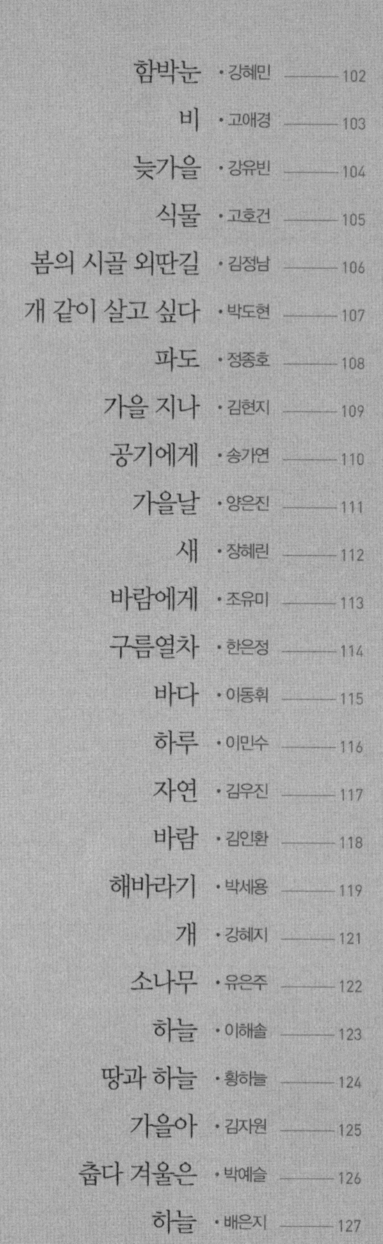

함박눈 • 강혜민 102

비 • 고애경 103

늦가을 • 강유빈 104

식물 • 고호건 105

봄의 시골 외딴길 • 김정남 106

개 같이 살고 싶다 • 박도현 107

파도 • 정종호 108

가을 지나 • 김현지 109

공기에게 • 송가연 110

가을날 • 양은진 111

새 • 장혜린 112

바람에게 • 조유미 113

구름열차 • 한은정 114

바다 • 이동휘 115

하루 • 이민수 116

자연 • 김우진 117

바람 • 김인환 118

해바라기 • 박세용 119

개 • 강혜지 121

소나무 • 유은주 122

하늘 • 이해솔 123

땅과 하늘 • 황하늘 124

가을아 • 김자원 125

춥다 겨울은 • 박예슬 126

하늘 • 배은지 127

덥다 • 송은진 128

4부 학교 이야기

풀어 봐도 틀리고 찍어 봐도 틀리고

공부하기 싫은 날 • 고은지 132
시험 • 고은수 134
점심시간 • 이승은 136
D-39 • 문정원 138
수능 • 문수연 139
빼꾸 • 고다혜 140
숙제 • 오민경 141
가만히 잘 들어보면 • 신다인 142
산 • 박민설 143
교복 • 김가희 144
시험 • 채수연 145
러닝머신 • 성정민 146
시 쓰는 날 • 이민주 147
우리 반 • 박민주 148
힐끔 • 서유지 149
숙제 • 이윤성 150
어제 • 서정수 151
과학 시간 • 고주호 152
시험 • 김성윤 154
부탁 • 김원협 156
선생님 • 문종효 157

시험 • 양승준 158
운동할 때는 • 양주안 159
시험 성적 • 양한석 160
겨울방학 • 이혜원 161
흔한반도의 중학생. jpg • 한주원 162
공집합도 집합이다 • 김익환 163
시는 신변잡기적이다 • 박정우 164
시간표 • 하대훈 165
뭐 쓰지? • 이치호 166
학교에서 • 김신영 167
시험 • 문영주 168
독백 • 김지혁 169
학교 가는 길 • 천기범 170
학교는 왜 다니는가? • 박도요 171
점심시간 • 김민지 172
졸업 • 양다빈 173
추억 • 김태건 174
독서교육종합지원시스템 • 박영웅 175
종소리 • 김용국 176
중학교 • 김현숙 177

5부 못다 한 이야기

시간을 되돌리고 싶네

이제 그만이라며 · 김들 180
한숨 · 이유진 182
한글 사랑 · 박승훈 184
머리카락 · 강지혜 185
방 · 고현호 187
햇살 아래 놓인 세상 · 홍지윤 188
만화 · 강민성 189
의자 · 강현우 190
내복 · 고민철 191
감자칩 · 전형민 192
소리 · 고동현 193
검도 훈련 · 서용준 194
놀이 · 안광일 195
맛 · 한은서 196
부메랑 · 천재민 197
떡볶이 · 고명지 198
고기반찬 · 문예빈 199
새벽 · 김연수 200
연필 · 김태훈 201

변비 • 최진우 —— 202

계란 후라이 • 안서형 —— 203

샤프심 • 양동훈 —— 204

필통 • 김동수 —— 205

자 • 김영민 —— 206

침대 • 박경륜 —— 207

조미료 • 고정수 —— 208

오리털 점퍼 • 양은비 —— 209

양말 • 진연정 —— 210

빕스 • 김도현 —— 211

게임 • 하정호 —— 212

엮은이의 말 | 부끄럽지만 당당한 어설프지만 진솔한 —— 214

이 책에 삽화를 그린 학생들 —— 219

책 머리에

백 예순 한 송이 꽃들을 위하여

여기 백 예순 한 송이 꽃들이 있습니다.
키 큰 해바라기가 있는가 하면
키 작은 채송화도 있습니다.
봄에 피는 제비꽃이 있는가 하면
가을에 피는 노란 국화도 있습니다.
수국처럼 수더분한 꽃이 있는가 하면
붉은 장미처럼 뜨거운 열정을 가진 꽃도 있습니다.

바다가 보이는 신엄중학교 꿩지빌레에는
꽃보다 아름다운 백 예순 한 명의 아이들이 있습니다.
그 나름의 빛깔과 향기로 신엄중학교는
봄 여름 가을 겨울
울긋불긋 향기로운 꽃동산입니다.

2013학년도 우리 학교 모든 학생이
제 나름의 빛깔과 제 나름의 향기가 여기 있습니다.
작지만 소중한 우리 아이들만의 이야기입니다.

이 아이들이 어른이 되고 어느 날 우연히 마주쳤을 때
두 손 마주 잡고 서로의 안부를 물을 수 있는
백 예순 한 송이의 꽃들이기를 바랍니다.

2014년 1월

고영진(신엄중학교 교장)

1부

내 이야기

언젠가 끝날 이 길 위에서

그런 사람이고 싶다

양지윤 중3

나는 눈 같은 사람이 되고 싶다
눈이 없으면 앞을 볼 수 없어
꼭 필요하듯이
나도 누군가에게 눈과 같은 존재이고 싶다

나는 코와 같은 사람이 되고 싶다
코가 없으면 냄새를 맡을 수 없어
꼭 필요하듯이
나도 누군가에게 코와 같은 존재이고 싶다

나는 입 같은 사람이 되고 싶다
입이 없으면 음식을 먹을 수 없어
꼭 필요하듯이
나도 누군가에게 입과 같은 존재이고 싶다

나는 귀와 같은 존재이고 싶다
귀가 없으면 들을 수 없듯이
꼭 필요하듯이
나도 누군가에게 귀와 같은 존재이고 싶다

나도 누군가에게
꼭 필요한
하나의 부분이고 싶다

나는 알바생이다

고민지 중3

나는 찍는다
바코드를 찍는다

나는 닦는다
바닥을 닦는다

나는 옮긴다
상자를 옮긴다

나는 말한다
'반갑습니다. CU입니다'

나는 눕는다
앓아 눕는다

그렇다
나는 알바생이다

길

차주연 중3

한 치 앞도 보이지 않는 이 길 앞에
그토록 바라던 그 곳이 있을까
이토록 시리고 차가운 바람 앞에
스스로 나에게 기대어 걸어갈 수 있을까
이렇게 한없이 걸어가다
외로움에 넘어져 다치지는 않을까

언젠가 내가 바라던
그 꿈에 가까이 다가간 그날
지쳐 쓰러진 나를 바라보며
후회 없이 웃고 있을 나 자신을 위해
나에게 주어진 이 길의 끝을 위해

지금 내가 서 있는 시작의 문턱을 넘어
언젠가 끝날 이 길 위에서
한 발 한 발
그 곳으로 걸어가야겠다

이놈의 세탁기

강아름 중1

산더미처럼 빨래가 쌓인 날
기계치인 나는 그 빨랫감을 보면서
깊은 한숨을 쉰다

동생은, 기계치여서 세탁기 하나 돌리지 못하는
나에게 찬 발걸음 옮기며
날카롭고 동그란 고양이 눈으로
날 째려본다

언니는 세탁기 하나 돌릴 줄 몰라? 하며
공기가 너무 들어가 금방이라도 터질 듯한 얼굴로
또 날 째려본다

그 눈을 본 나는
숙제를 다 하지 못해 기죽은 아이처럼
힐끔힐끔 동생 눈치만 보고 있다

세탁기 하나 돌리지 못한다고
내 어깨까지 밖에 안 오는
고양이 같은 동생에게 욕먹다니

이놈의 세탁기
다 너 때문이야!

우리 남매

김주은 중1

"이것 좀 해줘 빨리!"
"누나가 알아서 해-"
"누나는 상관하지 말라고!"
두 눈 부릅뜨고 말하는 꼬맹이

"이거 치워! 저리 가!"
"빨리 숙제해 얼른!"
"너는 몰라도 된다고!"
째려보며 소리치는 나

5살이나 어리면서 소리 지르는 꼬맹이
5살이나 많으면서 약 올리는 나
자기보다 큰 나를 고개 치켜들고 째려보는 꼬맹이
나보다 작은 꼬맹이를 고개 숙이고 째려보는 나

커 가면서 더 까부는 이 꼬맹이
누나 무서운 줄을 몰라요 몰라

'이제 그만 까불어 알겠지?'
'누나도 잘해줄게'

한 자리 서술어

이세림 중3

하늘은 높다
바다는 넓다
여름은 덥다
겨울은 춥다

다빈이는 짧다
지현이는 길다
시현이는 작다
자원이는 예쁘다
지윤이는 누렇다
지원이는 하얗다
민지는 시끄럽다

한 마디로 주어를 설명하는
한 자리 서술어

나는

뭘까?

인생

고정우 중2

나의 꿈은 관심 없음
형의 꿈은 과학자

나는 지금 게임 중
형은 지금 열공 중

5년 뒤 나는 지금 삽질 중
5년 뒤 형은 지금 연구 중

10년 뒤 나는 아직도 삽질 중
10년 뒤 형은 벌써 애가 둘

이상형

송경아 중3

내 이상형은
음악을 좋아하는 사람

내 이상형은
요리를 잘 하는 사람

또 내 이상형은
꽃을 좋아하는 사람

마지막으로 내 이상형은
잘 웃는 사람

그게 바로 우리 엄마

내 얼굴

이주현 중3

반짝반짝 빛나는 눈

오똑한 코

앵두 같은 입술

종이가 베일 듯 갸름한 턱

우유 같은 새하얀 피부

검고 긴 생머리인 나

이건 헛된 망상일 뿐

아, 슬프다

다음 생애라도 그렇게 태어나길……

하느님 부탁합니다

파랑새

채병훈 중3

나는 파랑새입니다
나는 예로부터
행복을 가져오는 파랑새입니다

나는 파랑새입니다
새장에 갇혀 살고
사람이 주는 먹이를 먹습니다

나는 파랑새입니다
사람들에게는 행복일지 몰라도
나에게는 불행입니다

내 행복은 어디에 있을까요?

시간

김요한 중3

참 신기하다
내가 좋아하는 걸 할 땐
시간은 참 빨리 간다
마치 토끼처럼
내가 싫어하는 걸 할 땐
시간은 참 느릿느릿
마치 거북이처럼

되돌리고 싶다
그때 내가 잘못된 행동을 했을 때
동네 슈퍼에서 이백 원짜리 사탕을 훔쳤던
그 이전으로 시간을 되돌리고 싶다
내가 왜 그랬을까,
후회를 하며

내 얼굴

장지원 중3

물만두 같이 퍼진 내 얼굴
토마토 같이 빨간 내 얼굴

단춧구멍 같이 작은 내 눈
실 같이 가는 내 눈

한라봉 같이 둥근 내 코
가자미 같이 납작한 내 코

아빠 팔뚝 같이 두꺼운 내 입
악어입 같이 커다란 내 입

그래도 이쁜 내 얼굴

나의 꿈

박수연 중3

13살 때부터 원했던 꿈
주위에서 비난을 받아도 꿔왔던 꿈
5년 동안 꾸준히 지켜 왔던 꿈
노래를 부르는 '가수'라는 꿈을 꾸고 있는 나

어릴 때는 비난만 받으며 지켜왔지만
지금은 인정을 받으며 지키고 있다
결코 쉽지만은 않은 이 길
그래도 꾸준히 지켜나가는 꿈

틈만 나면 목이 터져라 부르면서
기쁘기도 하고 슬프기도 하고
가끔은 짜증도 나지만
언젠가 꼭 성공할거라 믿는 나의 꿈

되고 싶다

고은솔 중3

나는 되고 싶다
우리 학교 키다리 선생님
그분처럼 시인이 되고 싶다
그분처럼 선생님이 되고 싶다

나는 되고 싶다
내가 닮고 싶은 선생님
그분처럼 나도 남에게
닮고 싶은 존재이고 싶다

언제나 한결같은 사랑으로
제자들을 대하시는
나도 그분처럼
되고 싶다

버려지는 것

현동은 중2

나는 버렸다
그것은 그냥 종이 쪼가리이기 때문에

나는 버려졌다 쓰레기 같이……
아직 더 쓸 수 있는 곳이 많은데
난 이제 쓰레기다

나는 버렸다
그것은 그냥 고장난 장난감이기 때문에

나는 버려졌다 쓰레기 같이……
아직 고치면 더 놀아줄 수 있는데
난 이제 쓰레기다

너도 나처럼 버려지고 싶니?
쓰레기처럼

내 이름은 정장원

정장원 중2

내 이름은 정장원
고추장은 청정원

내 짝꿍은 한주원
사과 주스는 과수원

내 갈 곳은 티베트 고원
내 꿈은 공무원

내 생의 마지막 날

고봉진 중2

내가 늙어서
병들고 아플 때

그 날이 내게 주어진
마지막 날이라면

그 나이 먹도록
나란 놈은
잘한 게 있을까

추억을 기억하고 싶다

용

박민우 중1

상상 속의 동물 용
용은 모든 동물의 결정체
사람에게 도움도 주고
피해도 주는 용

마치 나 같다

용…… 나 같은 용
결정체에서 신 같은 존재

마치 나 같다

용…… 나 같은 용
못생겼다
참, 구리다

마치 나 같다

용…… 화를 잘낸다
무섭다 그리고 쪼잔하다

마치 나 같다

용…… 많이 먹는다
하지만 살 안 찐다

나 같지 않다

용…… 지혜롭다
똑똑하다

나 같지 않다

용과 나는 닮은 점도 많고
안 닮은 점도 많다

요리사

홍지선 중1

저는요 음식 만들기를 좋아합니다.
라면도 끓이고
멸치도 볶고
달걀 후라이도 하고……

저는요 음식을 많이 만들고 싶어요.
언니랑 동생들에게 먹이고 싶어요.
언니랑 동생들이 활짝 웃어요.
저도 활짝 웃어요.

꿈

송윤주 중1

꿈을 꾸었다
하얀 새가 되었다
온 세상을 자유로이 날아다녔다

꿈에서 깨었다
창문 사이로 고개 내민 한 줄기 햇살
저 햇살이 내 날개를 가져갔겠지

바람을 가르는 생생한 날개의 촉감
새가 되는 꿈을 꾼 게 맞는지
사람이 되는 꿈을 꾸고 있는 건 아닌지

만약 지금이 꿈이라면
햇살아, 어서 나를 깨워주렴
햇살아, 어서 내 날개를 돌려주렴

태양처럼

이현석 중1

하늘 위 태양,

밝게 빛나는 태양

항상 하늘 위

태양은 밝게 빛나네

태양은 잠깐 구름에 가려질 뿐

너도 태양처럼

나도 태양처럼

잠깐 구름에 가려질 뿐

우리도 태양처럼

잠시 가려질 뿐

다시 밝게 빛나리

우리 집

고민성 중2

마루에는 TV, 소파
화장실에는 세면대와 칫솔, 치약
내 방에는 책상, 책, 이불
형 방에는 컴퓨터, 침대
부엌에는 식탁, 가스레인지, 칼
엄마 방에는 TV, 장롱, 컴퓨터
다락방에는 동생 장난감

우리 집에는 이거 말고도
여러 가지 물건이 있다

어머니의 밥상

이은정 중2

뜨끈뜨끈 막 지은 밥 냄새
따끈따끈 방금 구운 호떡 냄새

보글보글 끓는 어머니의 김치찌개
뽀글뽀글 끓고 있을 분식집 오뎅 국물

오늘은 왠지 호떡과 오뎅 국물이 땡긴다

집에서는 어머니의 밥상이
밖에서는 호떡과 오뎅 국물이

오늘도 나는 헷갈리지만
호떡과 오뎅 국물의 유혹을 뿌리친다

오늘은 어머니의 밥상이
최고로 맛있다

내 조카

서소연 중2

작년 겨울 태어난
아기자기한 새 생명
항상 보며 궁금했지
언제 걸을 수 있을까?
언제 말을 할까?

올 겨울 벌써 두 살
이젠 엄마, 아빠 옹알거리며
잘만 뛰어논다

말똥말똥한 눈매
다섯 뼘 되는 몸매
꼬불꼬불 라면 같은 머릿결
내 사랑 내 조카

추억

문영지 중1

아빠랑 함께 한라산 등반
처음엔 룰루랄라 나중엔 땀이 뻘뻘
점심시간
땀을 닦고 라면을 후루룩

이제 정상을 향해 출발
갑자기 비가 오네
나의 머리 위로 빗방울이 뚝뚝뚝

아이고 아이고
서둘러 내려가자

내려간 후
하늘을 보니
예쁜 무지개가 떠있네

쌍둥이 여동생

장혜완 중1

내 동생은 개념이 없어.
내게 항상 대든다.
아기처럼 굴고 아기처럼 앵앵거린다
먹고 자기만하는 갓난아기처럼 게으르다.

하지만 내방을 대신 청소해 줄 땐 상냥하다
우울한 나를 재미있게 웃겨주기도 한다
밤비*같이 큰 눈을 가진 귀여운 내 동생
난 그런 내 동생이 참 좋다.

* 밤비 : Bambi, 오스트리아 작가 펠릭스 샐턴(Felix salten)의 동물 소설의 주인공인 아기 사슴

잔소리

강민주 중1

어딜 가든 듣게 되는 잔소리
집에 가면 부모님한테
학교 가면 선생님한테
어딜 가든 잔소리다
왜 이렇게 잔소리를 들어야 하는지 모르겠다

툭하면 잔소리이다
공부를 하지 않으면 잔소리
무엇을 잘못하면 정신 차리라고 잔소리
정말 듣기 싫다

잔소리 들으면 울 것 같다
내가 잘못하지도 않았는데 잔소리하고
내가 하고 싶은 걸 하는데
왜 잔소리를 하는지 모르겠다

하루가 지나도 끝나지 않은 잔소리
학교 가면 집중하라 하고
집에 가면 충고를 듣고
잔소리 듣는 거 너무 힘들다

하지만 그 잔소리들이
'도움이 되겠지?' 라고 생각을 해봤다
하지만
그 잔소리들이
내 귀를 찌르는 것 같다

듣기 싫은 잔소리
나중에 크면
나도 잔소리를 해서
듣기 싫게 해야지

친구 이야기

2부

그대는 나의 사계절

바보

현상옥 중3

그 애를 처음 본 날 초등학교 2학년
눈이 잔뜩 내려 모든 게 하얘진 그 겨울날
그 애가 걸친,
다른 것과 달라 눈에 띈 검은 외투

캠프를 같이 다니면서 한두 해 기억도 없는 시간
몇 년 동안 같이 다니면서 알게 된 그 아이는
그냥 바보

해마다 새하얀 시간들을 함께 지내 오고
언제나 추운 텐트에 같이 잠을 잤다

어느새 중학생의 마지막 겨울이 왔다
그 아이도 나도 다니던 캠프를 그만 두고
차가운 기계로만 목소리를 주고 받는다

여전히 바보 같은 들뜬 목소리
바보 같이 넓은 오지랖
그에게서 전화가 왔다

'잘 사냐?'
늙어 버린 질문에
처음 만난 그날처럼 차갑게 대답한다
'잘 산다 바보야, 얼굴 좀 보자'

친구

원세은 중3

안경 쓴 얼굴에 조금 큰 아이

단정한 치마에 따뜻한 스타킹

그런 스타킹 위에 알록달록한 양말

그 밑은 딱딱한 실내화

새로 산 신발에 이름을 붙여 주고

급식 반찬을 국물에 담아서 먹고

사진 찍을 때 이상한 표정을 짓고

가끔 바보 같은 행동을 하는

시험 보면 백점 받는 내 친구

친구와 나의 사이

허인재 중1

너와 나의 다툼으로 마음의 하늘은
폭풍우 치는 하늘이 되었다.

너와 다툰 지 벌써 일주일……
나의 마음속에는 커다란 태풍이 불어온다

너의 눈빛이 차가워지니
내가 항상 의지하던 나뭇가지가 부러졌다

너의 말투가 싸늘해지니
마음의 강이 심하게 요동친다

친구가 나에게 절교를 하자고 할 때
이미 돌아갈 수 없는 곳까지 왔네

나는 화해 하고자 했지만 친구는 거절했네
친구는 저 반대편으로 강을 건넜고
이젠 그 친구가 다시 돌아올 수 없게 되었네

난 저 친구가 있는 저 반대편……
푸른 햇살이 넘치는 저 곳으로 가고 싶네
너무 그립고 그리워 눈물이 나네
친구는 저 강 반대편으로 떠나갔네

강물은 잔잔해졌지만 그 친구는 이제 내 곁에 없네
그 친구는 이제 돌아올 수 없네
너무나도 그립다네

친구야 보고 싶다
난 언제나 그리워 운다

친구의 고민

원선옥 중1

어제 체육 시간에 자유 운동을 했다
나와 M이라는 친구는 농구를 하고
나머지는 축구를 하거나 트랙에 앉아 수다를 떨고 있었다

나와 M은 농구를 하다가 힘이 들어
벤치에 앉아 잠깐 쉬고 있는데
M이 갑자기 말을 걸어온다

"친구야…… 있잖아…… 나 고민이 있는데……
J가 나를…… 피하는 것 같아……"

M의 얼굴빛이 어두워졌다.
농구하고 있을 때는
얼굴빛이 환했는데

나는 M의 고민을 해결해 주지 못해 많이 미안하다.
내가 M의 고민을 해결해 주었다면……
M과 J의 관계는 멀어지지 않았을 거다

친구

이선우 중1

가끔 죽은 친구가 보고 싶다
그 친구를 생각하면 너무 슬프고 보고 싶다
더 친하게 지내고 싶었는데

나에게 친구란
힘들 때 도와주고 슬플 때 같이 울어주고
웃을 때 같이 웃어주는 것이 친구라고 생각한다

죽은 그 친구가 보고 싶다
지금도 그 친구가 생각난다
더 좋은 친구가 되지 못해줘서
미안한 마음밖에 안 든다

처음 등교 했을 때
애들이 이야기 하는 것을 들었다
너무 놀라고, 당황스러웠다
6월6일 현충일 날 태극기를 달다가 떨어져서 죽었다

보고 싶고 아직도 자꾸 생각난다

처음 그 친구를 봤을 때가 초등학교 2학년
같은 반이었다
분식점에서도 만나고
그리고 잘 될 거라 생각했다

그런데 그 친구가 죽었다는 소식을 듣고
너무 놀라고 당황스러웠다
아직도 그 친구가 보고 싶다
그리고 자꾸 생각난다

더 좋은 친구가 되어 주고 싶었는데
너무 아쉽고 미안하다

오빠

김유라 중1

다 큰 어른처럼 날 이해해 주는 오빠
때론 아이처럼 날 걱정시키는 오빠
친구처럼 나랑 잘 얘기해 주는 오빠
아빠처럼 다정하게 대해 주는 오빠
동생처럼 화나도 사과하면 잘 풀리는 오빠
강아지처럼 웃는 오빠
내 편이 되어 주는 오빠
이런 오빠가
정말
좋다 ♥

친구란?

박창민 중1

친구란?
나의 멘토
나의 거울
나의 소울 메이트

친구란?
내 컴퓨터 같은 사람
나와 제일 마음이 잘 통하는 사람
나에게 없으면 안 될 사람

친구 없는 사람이란?
쓸쓸한 사람
게임을 해도 심심한 사람
말동무가 없는 사람

내 친구 유미

이다은 중1

내 친구 유미는 수학을 잘한다
유미는 코가 높다 마치 하늘처럼
유미의 눈은 계란같이 둥글둥글
유미의 입술은 앵두같이 불긋불긋
유미의 얼굴에는 딸기같이 주근깨
검게 빛난다

유미는 그렇다
나도 유미처럼 될 수 있다면
그날은 행복한 날

내꺼 이다은

정승희 중1

이다은은 내 단짝친구다
나도 이다은의 단짝친구다
그래서 이다은은 내꺼
나는 이다은 꺼다

우리 둘은 공통점이 많다
우리 둘은 안경을 썼다
똑같은 교복도 입었다
슬리퍼도 신었다
운동화도 신었다

우리 둘은 차이점도 많다
점퍼도 다르고
안경색도 다르다
머리 길이도 다르지만
우리 둘은 둘도 없는 단짝친구다

강아지 나슬이

송수연 중2

어릴 때
소꿉친구였던
내 처음인 친구

언제나
내 곁에 있었던
내 가족인 친구

어느 날
내 곁을 떠나간
내 유일한 친구

작지만
큰 존재였던
내 보물인 내 친구

다시는
돌아올 수 없는
내 마지막 친구

강하게
아련하게 남은
지난날의 추억

나에게
슬픔을 남기고 간
이별의 긴 겨울

두 민성

강민성 중2

우리 반 고민성
우리 반 강민성

선생님들이 민성아 하고 부르면
누가 대답할까?

고민성이 대답하면
"너 말고 강민성"
강민성이 대답하면
"너 말고 고민성"

선생님이 "민성아" 하고 부르신다

대답해야 하나?
말아야 하나?

첫눈에

김민희 중2

첫눈에 반했음

마침 첫눈이 내렸음

우린 첫눈을 맞았음

우린 아마 운명이라 생각함

해가 바뀌고 다시 첫눈이 왔음

처음으로 손을 잡고 같이 걸었음

첫눈이 내렸음

진짜로 첫눈에 반했음

친구

송다현 중2

힘들 때 생각해 보면
항상 내 곁에 있던 너

즐거울 때 생각해 보면
항상 내 곁에 있던 너

싸울 때 생각해 보면
항상 내 곁에 있던 너

항상 내 곁에 있어 줘서
언제나 고마운 너

진하고 연한 설렘

원선영 중2

스치듯 지나는
은빛 같은 길거리가 나를 설레게 한다
길거리가 나를 설레게 하는 게 아닌
길거리에 있는 따뜻한 그녀가
나를 설레게 한다
내가 설레는 이유는
그녀 때문이 아니야
그녀가 입고 있는
웃고 있는 파란 반팔티가
나를 설레게 한다
내가 설레는 이유는
그 파란 반팔티가 아니라
파란 바다의 웃음이 남아 있는 지난 추억이
나를 설레게 한다
내가 있기에
이 세상에 내가 존재하기에
내가 나를 더욱 더 설레게 한다

그대

김동건 중2

한참 죽어 가는 나를
분홍빛으로 살린 그대
스물 두 번 째 밤이 가기 전에
할 일 다한 꽃잎처럼
그냥 가버린 그대

다 믿게 해 놓고
다시 나를 살려 놓고
떨어지라고 가버린 그대

그녀

진호준 중2

수업 시간에도
내 시선은 그녀에게로

눈이 마주치면
부끄러워 혼자 웃고

그녀를 볼 때마다 설레어
늘 혼자 웃네

어쩌다 그녀가 말을 걸면
좋아 죽고
사진을 보면 더 좋아 죽고

수업 시간에 늘 시선이 가는
그녀
난 그녀가 너무 좋다

첫사랑

강지혜 중3

내가 중학생이 된 후 짝사랑을 해오던
어떨 땐 멋있고 어떨 땐 귀여웠던
항상 날 생각해 주고
절대 이기적이지 않던……

몇 년이 흐른 지금
옛 생각에 잠길 때면
그 애의 첫인상을 잊지 못해 항상

아는 아이들은 이해가 갈 거야
기회만 있다면 한 번 만나
다시 느끼고 싶어, 첫사랑의 기쁨
하지만 찾을 수 없어, 그 애와 비슷한 애

Did I mention him name?
He's hiphop

친구

송희진 중3

친구라면 놀아 주고
친구라면 빌려 주고
친구라면 장난치고
친구라면 위로해 주고

나도
놀러 가고
빌려 주고
장난치고
네가 힘들 때
위로해 주는 친구가 되고 싶다

너랑 나

하지연 중3

친구가 나에게 다가온다
친구가 웃는다 방긋방긋
따뜻하다

친구가 나에게 화를 낸다
친구의 침이 날아온다
차갑다

친구의 눈이 빛난다
거기 내가 있다

내 눈도 빛난다

친구들

이신혁 중3

나에겐 소중한 친구들이 있다

공부 잘 한다고 깐죽거리지만
감수성이 풍부한 정수
키도 크고 힘도 세서 무서울 것 같지만
마음은 착한 요한이
잘 생기고 인기도 많지만
독거노인이 꿈인 태건이
성실하고 착하지만
두 얼굴의 야누스인 영웅이
매일 잠만 자지만
활발할 땐 활발한 병훈이
어리바리하지만
착한 세종이
학교에선 무뚝뚝하지만
친구들 사이에선 졸귀인 현호
면도를 한 도현이

공부는 안 하지만

꿈을 위해 달려가는 용국이

자신의 목소리가 안 좋다고 하지만

꿀성대를 가진 성악가 유홍이

가끔 화낼 때도 있지만

속마음은 착한 동진이

매일 게임만 하는 거 같지만

공부도 잘하고 운동도 잘하는 만능 정호

여전히 나에겐 소중한 친구들이다

내 친구

계지현 중3

손가락이 기다란 내 친구
다리가 기다란 내 친구
팔도 기다란 내 친구
심지어 얼굴까지 긴 내 친구

손가락이 길어서 거미손 같은 내 친구
다리는 길지만 비율이 안 좋은 내 친구
팔이 길어서
멀리 있는 물건도 잘 잡는 내 친구
얼굴이 길어서 하각하겠다는 내 친구

모든 게 길쭉길쭉한 내 친구

그대라는 사계절

조유진 중2

그대는 따뜻한 봄인가 봅니다
나도 모르게 다가와
나를 따스이 녹여 주는……

그대는 뜨거운 여름인가 봅니다
무언가 해야 한다면
열정적으로 해결하는……

그대는 시원한 가을인가 봅니다
항상 곁에 있어서
쓸쓸함마저 잊게 하는……

그대는 차가운 겨울인가 봅니다
냉정해야 할 때는
누구보다 냉정해지는……

그대는 나의 사계절인가 봅니다

김도현

이동진 중3

내 친구 김도현
수염이 참 많았지

수염 많던 김도현
늙어 보였지

내 친구 김도현
면도를 시작했지

면도 시작한 김도현
늙어 보이는 건 똑 같지

내 친구 정수

김유홍 중3

수염은 길어도 키는 길어지지 않는
내 친구 정수

키 작고 통통하지만 매력이 없는
내 친구 정수

공부는 잘 하지만 운동을 못하는
내 친구 정수

그년

안유빈 중3

난 그년을 부숴버리고 싶다
왜일까?
자꾸 치솟는 이 느낌!
왜일까?

나를 향해 내뱉는 말들
눈 뜨고 다니라는 말
하느님은 역시 공평하시다는 말
당장 그 입을 막고 싶은 이 느낌!

이 느낌을 알게 되는 날은
언제일까?

그 후엔 어떻게 될까?

무서운 그녀

송미연 중3

뚜벅뚜벅
그녀가 다가온다
씨익
나를 보며 웃는다

그런 얼굴로 다가오다니!
그런 얼굴로 웃다니!
정말 무섭다

지긋이
그녀가 뚫어져라 쳐다본다
으으~
소름이 돋는다
날 미치게 만든다

그 얼굴로 쳐다보다니!

그 얼굴로 소름 돋게 하다니!

정말 무섭다 그녀는

얼굴 하나로 모든 사람을

돌아버리게 만드는 그녀

무섭다

우리 동네 이야기

3부

눈이 쌓여 꼭 팥빙수 같은

우물의 비밀

하승연 중2

작은 우물가 하나
여름엔 모기떼들
겨울엔 개구리 한 마리

작은 우물가 하나
밤에는 개구리 소리
낮에는 모기 소리

작은 우물가 하나
개구리가 산다는 소문
귀 얇은 소녀

작은 우물가 하나
호기심에 들여다 보면
텅 빈 우물가 안

작은 우물가 하나

한 번도 본 적 없는

개구리 한 마리

소나무

김은수 중2

언제나 푸른빛
은은하게 서 있던 소나무
사시사철 곧게 서 있던 소나무
새들의 쉼터가 되어 주고
학교의 운치를 높여 주던 소나무
한 번의 재선충으로
몇백 년을 버티던 소나무도 맥을 못추네

푸른빛의 위엄을 빛내던 모습이
한 순간의 병으로
누렇게 죽어가는구나

산에도 드문드문 주황빛
며칠 새 점점 늘어나는 주황빛

늘 운동장을 감싸 주던 소나무
이젠 없으니 너무 허전하네
이젠 없으니 너무 쓸쓸하네

소나무가 무너지네
곧은 절개와 신념이 무너지네

가을

계시현 중3

낙엽이 바닥을 굴러다니며
쓸쓸하다고 운다
김민지가 침대를 굴러다니며
외롭다고 운다

나무가 낙엽옷을 벗어 놓고는
춥다고 징징댄다
김자원이 치마를 입어 놓고는
춥다고 찡찡댄다

가을 하늘은 높고 넓다
키 큰 김요한에게도 높고 넓다
키 작은 양다빈에게는
더더욱 높고 넓다

눈 오는 밤

최규원 중1

저녁 때 눈이 왔다

첫눈인데도
함박눈이 왔다

저녁을 먹고
눈 구경하러 길거리를 돌아다녔다

높은 곳에 올라가
마을을 내려다보니
눈이 쌓여
꼭 팥빙수 같다

마음속도 하얗게 맛있다

눈 내리면

문예원 중1

눈 내리면
온 동네 아이들 나와서 노네

뽀득뽀득 눈 위를
걸어 다니며 발도장 찍고

눈을 둥글둥글 말아
눈싸움도 하고

큰 눈덩이를 동그랗게 굴려
큰 눈사람도 만드네

정신없이 놀다 보면
어느덧 해는 산 뒤로 숨어 가고

이제는 다들 집으로
돌아가야 할 시간

모두 아쉬운 발걸음을 돌리고

집으로 향하네

내일 다시 놀자고

눈발도장에게, 눈사람에게

손을 흔드네

하늘의 꽃

정승연 중1

그것은 조그마한 꿈이
이루어지도록 도와주는 친구

그것은 어두운 저녁
길을 비춰주는 전등

그것은 힘든 사람에게
위로의 손길을 내미는 봉사자

그것은 언제나
곁에 있어주는 가족

그것은 아름답다
그것은 소중하다

그것은 하늘의 꽃

그것은

별

눈

지혜영 중1

추워질 때가 되면……

겨울이 오면……

네가 그리워……

네가 오기를 기다리다……

하염없이 하늘만 바라보다……

추운 것도 잊었는지……

그 자리에 가만히 앉아서……

네가 오기를 기다리고 있나 보다……

너는……

하얀……

눈……

태양

김재용 중1

넌 매우 환하다
넌 참 따뜻하다

하루라도 없으면 허전한 것처럼
너도 그렇다.
보고 있으면 기분이 매우 따스한 것처럼
너도 그렇다.

그러나 친숙하면서도 막상
다가가기 힘든 것처럼
너도
그렇다.

꽃을 품고 있었겠지

신진혁 중1

주르르루 주르르루 빗소리에
창문 밖을 바라보니 펼쳐지는
회색 하늘 회색 건물 회색 도시
회색으로 물들었다

불어오는 찬바람은 냉기를 품고
회색 종이돈에 울고 웃는
회색 세상에 찌든
사람들을 스친다

회색으로 바래기 전에는
사람들도 분명 마음속에 꽃을 품고 있었겠지
회색으로 바래기 전에는
세상도 분명 마음속에 꽃을 품고 있었겠지

분명 마음속에 꽃을 품고 있었겠지
회색으로 바래기 전에는

갈매기

구근호 중1

지난 여름 나 홀로 떠난
바다 여행에 갈매기 한 마리가
날아와서 먹이 달라고
끼륵끼륵 거린다

손에 잡힌 새우깡을
갈매기 한 마리 한 마리에게
나눠 준다

갈매기들은 내 손에 있는
새우깡을 먹기 위해
치고 박고 싸우면서
나한테 달려든다

새우깡을 먹은 갈매기들은
머리를 숙여 고맙다고
나한테 인사를 한다

눈

강연수 중1

하늘에서 보내는
최고의 선물

그 선물이
하늘에서 내리면
나와 친구는
동시에 외친다
와!
눈이다

친구와 나는
그 최고의 선물을 가지고
눈사람도 만들고
눈싸움도 한다

그 선물을 가지고
노는 아이들의 웃음소리
그 최고 선물의 보답 같다.

함박눈

강혜민 중1

시간은 참 느리게 흘러
내 삶은 참으로 우울하다

추운 겨울을 좋아하는 난
날 감싸주는 따뜻한 눈을
기다리다 잠이 든다

눈을 뜨자 펼쳐지는
아름다운 광경

함박눈이 나한테 달려와
우울한 나를
따뜻하고 포근하게 위로해준다.

비

고애경 중1

하늘이 운다
구멍 뚫린 것 마냥
잘도 운다

하늘의 눈물로
땅을 적시고
바다를 적시며
좋게 만들지만

처량히 내리는 비는
내 마음도 적신다

처량히 내리는 비 말고
세상을 좋게 만드는
비로 내려다오

늦가을

강유빈 중1

쌩쌩 바람 부는 늦가을

저쪽에서 쌩
이쪽에서 쌩

쌩쌩 부는 바람

늦가을 차가운 바람이 부는 늦가을
바람막이를 입고 외출하는 늦가을
늦가을
방학이 없는 늦가을
은근 전기장판이 끌리는 늦가을

식물

고호건 중1

식물은 초록색

우리도 만약에
초록색이면
우리는 학교를
안가고
잠만 잘 수 있다
귀찮은 게 없을 것이다

우리는 식물

봄의 시골 외딴길

김정남 중1

어느 봄의 시골 외딴 길 골목에는
마을이 여러 개 있다

옆 마을 민들레 가족이 태어나고
아랫마을 패랭이꽃 깨어나니
어느새 길가 사람들이 많아지네

겨울잠이 든 마을들
언제 그랬냐는 듯
저 마을 요 마을 꽃단장하네

지나가는 바람이
이 마을 저 마을 인사하러 다니네

개 같이 살고 싶다

박도현 중1

먹고 싶을 때 먹고
자고 싶을 때 자고
놀고 싶을 때 놀고
쉬고 싶을 때 쉬고
하고 싶은 것 하는
개 같이 살고 싶다.

시험 안 보고
학교 안 가고
집안일 안 하고
이것 저것 편한
개 같이 살고 싶다.

파도

정종호 중1

나의 마음은 파도와 같다
날씨에 따라 바뀌는 파도와 내 마음
비바람 날씨면 파도와 내 마음은 성을 낸다

해가 나고 날씨가 좋으면
파도와 내 마음은 기분이 좋다
파도는 내 마음과 같이
화도 내고
기분도 좋아지고
움직이기도 싫고

파도는 내 마음과 잘 맞는 친구

가을 지나

김현지 중1

빨간 얼굴 내민 해와 파란 하늘 손잡은 노을 보며
벌써 가을 지나?
참새들이 허수아비 바지 물고 늘어질 때
벌써 가을 지나?
하늘에서 내려오는 첫눈 반겨줄 때
벌써 가을 지나?
한 살 더 먹고 공부 더 해야 한다는 별 걱정이
내 머리를 찌른다.

책상에 앉아 창문으로 가을 지난 뒷마당
떨어진 낙엽을 보며
지나가는 가을을 붙잡고 싶어한다.

공기에게

송가연 중1

공기야
소원이 있어
램프는 3가지 소원을 들어주듯이
내 3가지 소원도 들어주렴

첫째 소원은 내가 살 수 있게
매연과 섞이지 말게 해 주렴

둘째 소원은 우리를 기쁘게
따뜻하게 감싸 주렴

셋째 소원은 우리 학교 소나무를
제발 없애지 말아 주렴

가을날

양은진 중1

잠자리가 지나다니는 어느 가을날
낙엽 위 어루만지는 가을바람도
낙엽 아래 쏟아져오는 붉은 단풍도
서서히 겨울을 맞이합니다

높은 하늘
스쳐 지나는 파아란 시간

새

장혜린 중1

새들은 본다
그들은 세상의 그림을 가지고 있다

그들은 난다
그들이 원하는 곳으로 어디든지 난다
그들은 생각하지 않고.

새는 자고
새는 집이 없다

바람에게

조유미 중1

바람아 바람아
내 부탁 하나만 들어줘
나무 옆 지나가거든
더욱 더 세차게 흔들어 주련
내 악한 마음 누구에게도 들리지 않게

바람아 바람아
내 부탁 하나만 들어줘
꽃밭 옆 지나가거든
고요히 지나가 주련
내 선한 마음 모두에게 들리게

바람아 바람아
내 부탁 하나만 들어줘
우리 옆 지나가거든
포근히 감싸 안아 주련
모든 마음 포근히 감싸 안을 수 있게

구름열차

한은정 중1

구름열차 함께 타고 가는 열차
구름을 내뿜으며 흘러간다
칙칙폭폭 구름열차

한 걸음 두 걸음 걸어 올라가면
푹신한 구름의자 위에
아이들이 보이네

노을빛 저무는 하늘을 보며
흘러가는 구름열차

하늘도 열차도 우리들도
행복한 미소를 띠며
하늘 위에 떠다니는 구름열차 반기네

잊지 못할 추억들을 쌓아 주는
칙칙폭폭 구름열차

바다

이동휘 중1

바다

에메랄드 빛 푸른 바다

파도가 밀려오는 소리가 멋진 바다

더위를 식혀 주는 시원한 바다

너의 마음처럼 넓은 바다

바다

하루

이민수 중1

학원을 마치고 가는 길
하늘은 깜깜하네

별이 있나 없나
하늘을 봤더니 반짝반짝 하이얀 별들이 많구나

하늘을 보며 가다 보니 집이네
어느새 꿈나라구나

그런데 밖이 밝네
아침인가 보다

어젯밤 봤던
멋지고 아름다운 별빛을 또 다시
보고 싶다

보고 싶다

자연

김우진 중2

자연자연자연
너는 내 소중한 친구
나를 살게 해주는 친구

자연자연자연
사람들은 내 친구를 죽인다
나쁜 사람들의 환경오염

자연자연자연
내게는 하나밖에 없는 친구
그 친구는 나를 친구로 볼까

자연자연자연
사람들의 괴롭힘에 시달리는
내 불쌍한 친구

자연은 제 소중한 친구예요
내 친구를 사랑해 주세요

바람

김인환 중2

차갑지만 따뜻한 바람
누구에겐 악마 같은 존재
누구에겐 천사 같은 존재

화가 나면 악마 같은 태풍이 되어
마을을 휩쓸어 버린다
웃으면 천사 같은 미소가 되어
사람들을 어루만진다

누구에겐 악마 같은
누구에겐 천사 같은
차가운 바람
따뜻한 바람

해바라기

박세용 중2

나를 바라보는 그대의 시선이
나를 눈이 부셔 하지 않는다
그대를 바라보는 나의 시선은
해변의 모래 알갱이일 뿐이다

그대가 나를 사랑해 주었을 때
나의 눈동자 중심에 그대를 두었을 때
지평선으로 점점 가려져 간다
그대의 시선을 애타게 본다

다시 오리라 그대의 시선으로
넓고 넓은 세상에 유일하게
다시 오리라 그대의 시선으로
유일하게 나를 바라봐 주던

그대는 지금 어디를 보고 있나
제발 고개를 내리지 말아라
그대는 모른다 그대는 모른다
그대를 애타게 바라는 나를

밝은 그대 얼굴 시들지 말거라
제발 고개 숙이지 말아라
밝은 얼굴 시들지 말거라
제발 나를 잊지 말아라

개

강혜지 중2

오늘 아침 개가 짖었다
시끄러워 나가보니 개가 있었다
아침부터 설렜다
오늘 하루 기분이 좋을 것 같다

개가 뒤를 돌아 눈을 마주치며 웃었다
개한테 반했다
다시 해가 떴다
오늘도 개를 봤으면 좋겠다

소나무

유은주 중2

소나무야무럭무럭자라라

소나무야얼른어른이되어라

소나무야나무가지에열매를맺어라

소나무야훨씬큰나무가되라

소나무야바람이세게불면꺾어지지마라

소나무야태풍이불어도쓰러지지마라

소나무야너는언제나멋있는소나무야

다른소나무들보다더멋지게잘자라다오

소나무야다른소나무들이죽어도너는죽지마라

소나무야항상멋있게잘자라다오

어른이되어도소나무야열매를맺어다오

소중한나의소나무야멋있게살아다오

하늘

이해솔 중2

알다가도 모를 하늘
하늘은 이중인격처럼
오락가락한다
맑다가도 갑자기 울음을 터뜨린다
도통 그 속을 모르겠다

알다가도 모를 하늘
하늘은 핵폭탄처럼
한 번에 터진다
갑자기 나타나 성을 낸다
도통 그 속을 모르겠다

알다가도 모를 하늘
하늘은 고요한 아기처럼
포근한 웃음을 준다
아기처럼 울다가도 해맑은 웃음을 준다
도통 그 속을 모르겠다

땅과 하늘

황하늘 중2

땅은 하늘을 부러워하지
땅은 매일 자기 몸을 더럽히는데
구름은 걱정 없이 하늘 위를 날아다니네

땅은 하늘을 부러워하지
땅은 건물 때문에 매일 간지러운데
바람은 아무 걱정 없이 하늘 속을 날아다니네

그런데 가끔은 하늘도 땅을 부러워하지
하늘에는 친구가 별로 없으니까
하늘은 언제나 쓸쓸하니까

가을아

김자원 중3

가을아, 너는 니가 싫으니?
왜 너는 겨울을 따라 하니?

가을아, 너는 나무들이 싫으니?
왜 너는 나무들을 오돌오돌 떨게 하니?

가을아, 너는 나도 싫으니?
가을아, 그래도 나는 니가 좋다

그래서 부탁이다
겨울을 따라 하지마

춥다 겨울은

박예슬 중3

춥다
겨울은 춥다

아침에 일어나
옷을 한 겹 두 겹 세 겹을 껴입어도 춥다
번데기처럼 꽁꽁 싸매도 춥다

내가 왜 추운 거냐고
바람에게 묻는다
겨울이니까 춥지, 라는 말만
세차게 되돌아온다

하늘

배은지 중3

하늘은 높다
하늘은 넓다

계속 쳐다보기 힘든
높은 하늘

한번 보기도 힘든
넓은 하늘

하늘은 정말 높다
하늘은 진짜 넓다

덥다

송은진 중3

하늘은 푸르고
햇빛은 쨍쨍했던
하늘이 파랗다

밖에 나가서
뛰어다니는 아이들

왠지 더울 것 같은
뛰어다니는 아이들
땀에 흠뻑 젖은 아이들

아이들을 위해
빛을 내주는 햇빛

참 눈이 부시다

추울 때 따뜻하게 해주는 햇빛

더울 때 서늘하게 해주는 바람

햇빛을 내주는 그림자와 빛

참으로 햇빛은 덥다

학교 이야기

4부

풀어 봐도 틀리고 찍어 봐도 틀리고

공부하기 싫은 날

고은지 중1

공부하기 싫은 날
핸드폰을 만지작거리다
잠이 든다

공부하기 싫은 날
공책에 낙서하다
잠이 든다

공부하기 싫은 날
엄마, 아빠 몰래 답지 베끼다
잠이 든다

눈 감았다
눈 떠보니
공부 없는 나라다

모래 위 낡은 그네에
진딧물처럼 매달린 개구쟁이 아이들
나도 개구쟁이 진딧물이었다

친구들과 뛰노는데
목소리가 안 나온다
숨이 점점 막혀온다

“꺄아악!”

꿈이었다
난 얼른 책을 폈다

시험

고은수 중1

다가온다 두려운 존재가
생각지도 못했는데
저 멀리서 나를 본다

나와의 거리는 약 15일……
다가올수록 얼굴을 알 수 없는
숫자들로 가득하다

뒤를 보니 막혀있는 벽
두려움은 한 발짝 한 발짝 다가오는데
나는 피하기만 하다니

이제는 피할 수 없다
칼과 방패를 들자!

쿵쾅거리는 마음으로
펜과 지우개를 든다

힘들고 길었던 3일이 지나

내 최후의 한 마디

“제발…… 내 점수를…… 부모님께…… 알리지 마라”

점심시간

이승은 중3

10분 전
시계 한 번 보고 문 한 번 보고
어디 보자 어떻게 가야 제일 빠를까
동선 계산 완료

5분 전
슬슬 몸을 풀어 볼까나
삐거덕삐거덕 부스럭부스럭
책 정리도 끝
선생님 죄송합니다

1분 전
카운트다운이 시작되고
두두두두두두
먼저 끝난 반을 미칠 듯 부러워하는데

마침내 대망의 순간
띠로띠로띠로띠로리

뛰어!

D-39

문정원 중3

앞으로 39일
하루 지나 38일
또 하루 지나 37일

점점 좁아지는 남은 시간
우리는 억압 받고 있다
점점 쪼들리고 있다

앞으로 36일
하루 지나 35일
또 하루 지나 34일

이제 곧 올 것이다
울고 웃고 할 것이다

앞으로 39일 남았다

수능

문수연 중3

이것을 위해
목숨 걸고 공부하는
모든 고3

피 터지는 싸움과 함께
꾸벅꾸벅 공부한다

노력 끝에 수능을 마치고
예상대로 나오는
안타까운 희생자

그들의 곁에 머무는 건
자유와 기대가 아닌
불안한 성적과 탈락이다

빠꾸

고다혜 중2

처음으로 시를 썼다
검사를 받으러 갔다
선생님이 더 생각해 보라고 했다

다시 시를 썼다
주변을 둘러보며 시를 썼다
이번엔 내 마음에 들지 않았다

또다시 시를 썼다
내 생각엔 괜찮은 시였다
그런데 내 시와 비슷한 시가 있단다

다시 시를 쓴다
이번엔 빠꾸 안 당하겠지?

숙제

오민경 중1

숙제가 많은 건 아니다
쌓이고 밀리고 또 쌓여서
일요일 한밤중 숙제를 한다

동생은 TV를 보는데
꾸벅꾸벅 졸음을 참으며
밀린 숙제를 한다

국어는 설명문 쓰기
수학은 함수 문제 풀기
한문은 한자 390개 쓰기

잠은 쏟아져 오는데
그래도 밀려 있는 숙제

아, 몰라
그냥 맞아야겠다

가만히 잘 들어보면

신다인 중1

솜털까지 빳빳하게 세운 과학 시간
옆 반에서 들려오는 시끌벅적 소리
내 바로 앞에서 난타반이 쿵쾅대는 것 같지만
가만히 잘 들어보게 되면
내 입가에 저절로 미소가 빙그레

내 앞에서 선생님이 으르렁 대는데
옆 반에서 들려오는 왁자지껄 소리
선생님이 없어서 그렇게 떠드는지
선생님이 있는데도 나 몰라라 하는지
그래도 계속 듣다 보면
선생님이 '어흥'하고 있는 와중에도
내 마음 한 구석에서 호기심과 궁금증이
모락모락 피어난다

산

박민설 중1

중학교를 넘어, 연합고사를 넘어,
고등학교를 넘어, 수능이라는 산을 넘기까지
1825일
43800시간
2628000분이 남았다

이 산을 겨우겨우 넘으면
대학교, 취업이라는 산이 보이겠지
언제 넘을는지……

하지만 어쩌겠는가……
산의 정기도 받고
산의 정상에 오르는 기쁨도
맛보며 넘어야지

본부에게 알린다
지금 나의 위치는
중학교 산의 3분의 1이다, 오바.

교복

김가희 중1

중학교를 다니기 위해 교복을 맞추러 갔다
무작정 나간 시내
어느 교복점에 갈 지를 정하지 못했다

엘리트는 교복이 예쁘지만 너무 비싸고
아이비는 싸지만 맘에 안들고

다른 교복점은 잘 알아보지 못한 탓에
어쩔 수 없이 엘리트와 아이비 중에서 고르기로 하고
결국은 엘리트에서 교복을 맞추게 되었다

교복을 맞추며
내가 이제 진짜 중학생이 되는구나
새삼 깨닫는다

시험

채수연 중1

시험의 마음은 참 복잡하다.
풀어 봐도 틀리고
찍어 봐도 틀리고

아무리 열심히 해도
비만 내려주는 너!
정말 야속해

언제쯤 내게
마음을 열어주겠니?
내가 많이 부족하니?

시험!
제발 좀!
나랑 친해져 보자

러닝머신

성정민 중1

달리고 또 달리고 계속해서 달려도
결국엔 다시 원점으로 돌아오게 되고

공부하고 또 공부하고 계속해서 공부해도
결국엔 다시 처음으로 돌아오게 된다

언제쯤 달라지고
언제쯤 도착할 수 있을까?
내 머릿속에 질문이 끊임없이 맴돈다

나에게 공부란
마치 러닝머신 같다

시 쓰는 날

이민주 중1

시를 써 보라는 국어 선생님 말씀
시 쓰기 싫어 어린애처럼 징징거리는 우리들

종이에 써진 깨알 같은 글씨들을
지우개로 쓱싹쓱싹 지워가며
만들어진 우리들의 멋진 시

시를 안 쓰고 재잘재잘 떠드는 아이들에게
버럭버럭 소리치시는 선생님
아직 다 쓰지 못한 아이들은
아직도 시와 전쟁 중인데
다 쓴 아이들은
참새처럼 짹짹 거리며 좋아한다.

우리 반

박민주 중1

1학년 1반 우리 반
25명 우리 반
잘 싸우는 우리 반
숙제 검사 할 때만은 협동심이 생기는 우리 반

"안 말해 줬거든요"
"내일 한다고 했어요!"
"잘 모르겠는데요"

평소에는 티격태격 싸우면서 이럴 때만 마음이 맞지
언제 봐도 재밌는 우리 반
놀 땐 잘 노는 우리 반
아마 커서도 생각 날거야
우리 반……

힐끔

서유지 중1

엾 사람 답안지 힐끔
선생님 볼까 무서워 힐끔

한자 쪽지 시험
외운 한자 머리가 하얘져서
친구 답안지 힐끔

선생님이 볼까 무서워
다시 볼까 무서워
선생님 눈치를 힐끔

숙제

이윤성 중1

숙제란 왜 있을까?
게임할 때도, TV볼 때도,
잠잘 때도, 학교 갈 때도,
생각나는
숙제

숙제란 왜 있는 걸까?
숙제를 해야겠다는 마음이
있었지만
결국 게임을 해버리고 말았다

하지만
마음은 콩닥콩닥

어제

서정수 중1

어제 엄마 손 잡고 초등학교에
입학한 거 같은데 벌써 졸업이다

맨 처음에는 많은 걱정을 했지만
6년이라는 시간을 정말 즐겁게 보냈다

이제 새로운 시작이다
중학교라는 학교에 와서 새롭게 시작한다

하루는 긴 것 같은데 1년은 짧고
과거를 돌아보면 정말 시간은 빠르다

어제 입학한 거 같지만
벌써 2학년을 준비하고 있다

나중에 고등학생이 되어
초등학교와 중학교 때를 돌아보면
또 시간은 빠르다는 생각을 할 것이다

과학 시간

고주호 중1

5교시 과학 시간
오늘은 실험하는 날
모두들 활기차 있다

수업 시간 모두의 귀에
들려오는 소리
“수요일 날 하자”

그 소리를 듣는 모두의
어깨는 새싹이 밟혀가듯
풀이 죽어간다

내일이 되면 환한 꽃미소
수요일이 되면 “하하호호”
하며 웃을 우리 친구들

교복을 입은 것이

중학생이 맞지만

다들 천진난만하다

시험

김성윤 중1

시험 당일
파도처럼 밀려오는 후회
더 열심히 공부할 걸……

빠르게 훑어보는 교과서
드디어 내 책상에 온
시험지와 답안지……

불안 끝에 끝낸 시험
성적표 걱정하지 말고 일단 놀자!

신나게 놀면서 보낸 하루하루
결국 성적표가 나왔다

없애 버리려고 했지만
성적표 보냈다는 문자가 갔단다

난 죽었다……

부탁

김원협 중1

선생님
제 부탁을 좀 들어 주세요

선생님 이번 기말고사 쉽게 내 주세요
선생님 제발 숙제 줄여 주세요
선생님 방학 많이 늘려 주세요
선생님 종례 빨리 끝내 주세요

제발 부탁을 들어 주세요

선생님

문종효 중1

선생님 안녕하십니까?
선생님 시험 쉽게 내주세요

선생님 안녕하십니까?
선생님 약하게 때려주세요

선생님 안녕하십니까?
선생님 종례 시간입니다
빨리 끝내시죠?

선생님 안녕하십니까?
선생님 안녕히 계세요

시험

양승준 중1

나를 엄마의 잔소리처럼 괴롭히는 것
나를 여름철 모기처럼 귀찮게 구는 것

하지만, 끝나면
하늘을 날 것만 같은 그런 느낌

괴롭고 귀찮고 좋은 것
바로 시험이라는 것

운동할 때는

양주안 중1

운동할 때는 빨리 흘러가는 시간
제발 천천히 흘러갔으면 좋겠다

공부할 때는 천천히 흘러가는 시간
제발 빨리 흘러갔으면 좋겠다

운동할 때는 천천히
공부할 때는 빠르게
시간이 거꾸로 흐르면 좋겠다

시험 성적

양한석 중1

시험을 보기 전에는

초조하지

시험을 보면

모르는 문제가 너무 많지

시험이 끝나면

기분이 좋지만

성적이 나오면

기분이 우울해지지

겨울방학

이혜원 중2

작년 한겨울
눈처럼 하얗던
어린 나

떨리는 교문 입구
눈처럼 순수한
작은 설렘

에너지 가득한
여름이 지나고
낙엽이 가득한
가을이 지나고

다시 한겨울
떨리던 즐거움
기다리던 겨울방학

흔한반도의 중학생.jpg

한주원 중2

월요일 첫 교시 국어 시간
시 쓰기 시간
하염없이 흘러가는 시간
때마침 눈에 들어온 칠판
칙칙한 칠판과 전혀 다른
노오란 쓰레기
왈츠처럼 사뿐히 앉아 있는
노오란 쓰레기
눈을 뗄 수 없는 샛노란 쓰레기
시에 집중해야 하는데
시선을 빼앗아 버린 노오란 쓰레기
빨리 잊고 싶은 노오란 쓰레기

공집합도 집합이다

김익환 중2

소재가 없다
그래도 난 시를 써야 한다

공집합도 집합이듯
소재 없는 것도 소재다

0도 숫자이듯
소재 없는 것도 소재다

그런데 아무리 생각해도
없다, 소재가

시는 신변잡기적이다

박정우 중2

시는 신변잡기적이다
모든 시인은
생활 주변에서 소재를 찾는다

나도 그렇다
내 주변 모든 것이
나의 소재이다

하나 딱 고르기가 힘든
나의 소재이다

역시
시는 신변잡기적이다

시간표

하대훈 중2

매일 아침 교무실에 가서
시간표 보고
체육 없으면
체육으로 바꿔 달라고 조르고

역사 있으면
졸리다 하고
체육 보강하면
좋아 죽고

내가 학교 오는 이유
다 체육 때문

뭐 쓰지?

이치호 중2

수행평가로
시를 쓰라 하는데
도무지
생각이 안 난다

그래서 이걸 쓴다

학교에서

김신영 중2

지금은 수업 시간
눈앞이 캄캄해지는 시간
눈에 커튼이 쳐지는 시간
쥐 죽은 듯 조용해지는 시간

지금은 쉬는 시간
눈앞이 환해지는 시간
눈에 커튼이 열리는 시간
놀이방처럼 시끄러워지는 시간

점점 떨어지는 나의 성적
점점 늘어나는 엄마의 잔소리

시험

문영주 중2

중간고사가 다가오네
내 마음은 안절부절

일주일 앞으로 다가왔네
벼락치기 천둥치기

중간고사 끝이 났네
내 마음은 훠릭훠릭
날아도 나는 게 아니네

으악, 저기
기말고사가 달려오네
나는 또 안절부절

독백

김지혁 중2

시 쓰기 수행평가를 본다
생각이 나지 않아 고민이다

'어떻게 쓰면 만점 받을까?'
'정말 만점을 받고 싶은데'
'만점만 준다면 앞으로 공부를
열심히 할 수 있을 것 같은데'
'이번 기말고사도 잘 볼 수 있을텐데'

시 쓰기 수행평가를 본다
그런데 정말 생각이 나지 않는다

학교 가는 길

천기범 중2

아침에 일어나 눈을 비비며 일어선다
밥상에는 항상 기다리는 빵……
옷을 입고 억지로 밖에 나오면 자전거가 보인다
자전거를 타고 달리는데
바람들이 기다렸다는 듯이
쌩쌩 칼바람을 일으킨다
자전거에서 내려 겨우 버스를 타면
안 보이던 것들이 보이기 시작한다
나무와 사람과 바다와……
그런 것들을 보다 보면 시간이 훌쩍 지난다
그런 것들을 보다 보면 저기 학교가 보인다
버스에서 내려 학교로 간다

학교는 왜 다니는가?

박도요 중2

우리는 학교를 왜 다니는가?
우리는 공부하기 위해 다닌다

우리는 학교를 왜 다니는가?
우리는 꿈과 열정 그리고 미래를 위해 다닌다

우리는 학교를 왜 다니는가?
우리는 나를 위해 학교에 다닌다

우리는 학교를 왜 다니는가?
우리는 나라 발전을 위해 다닌다
학교는 희망이 될 수도 있고
때로는 절망이 될 수도 있다

점심시간

김민지 중3

너에게 가는 길은 매우 멀다
자원이를 밀치고
지윤이를 밀치고
소리를 지르며 초고속으로 달려간다
너의 매혹적인 향기가 코끝을 간지럽힌다

너에게 가는 길은 매우 험난하다
힘껏 달려갔지만 마리오가 내 앞을 막는다

아, 멀고도 험난한
너와 나의 거리

졸업

양다빈 중3

기다린다
하루 빨리 졸업을 하길
기다린다
하루 빨리 새 학교에 입학하길

슬퍼진다
하루하루 졸업이 다가오니
슬퍼진다
야속하게도 졸업이 다가와서
나도 모르게
슬퍼진다

추억

김태건 중3

신엄중 온 게 엊그제 같은데
어느새 졸업이다

좋은 일도 많았고 나쁜 일도 많았다
재밌었던 일 짜증나는 일도 많았다
하지만 돌이켜 생각해 보면
모두 다 그리운 추억들
졸업하고 나면 모두 각자의 삶을 사느라
바빠서 자주 보지도 못할 친구들

그렇게 몇 년이 흘러 다시 만나면
그때의 추억이 새록새록 떠오르지 않을까

독서교육 종합지원시스템

박영웅 중3

난 분명 300자 쓰고
내용도 알차게 썼는데
저장이 안 된다

지금까지 쓴 것이 아까워
복구하려고 복사하고
F5 누르고 붙여 넣기 하려 했는데
붙여 넣기도 안 된다

내가 공들여 쓴 독후감이 날아가고
멘탈도 날아가고 새벽 2시다!!

일단 자고
내일 다시 하지 뭐~

종소리

김용국 중3

수업이 지루할 때 들려오는 소리
쉬는 시간 종소리
우리에게 행복을 주는 소리
쉬는 시간 종소리

우리가 힘이 들 때 들려오는 소리
쉬는 시간 종소리
우리에게 자유를 주는 소리
쉬는 시간 종소리

중학교

김현숙 중2

내가 생각했던 중학교는
커서 휙휙 돌아가는 에이라인 치마도
넓고 길다란 교복도 없고

내가 꿈꿨던 중학교는
벌점도, 금지 사항도, 경쟁도 없고

내가 생각했던 중학교는
하루하루가 새롭고
초등학교와 완전히 다른
그런 특별하고 쉬는 시간 같은 곳

하지만 내가 꿈꿨던 중학교는
알람과 함께 사라졌다

못다 한 이야기

5부

시간을 되돌리고 싶네

이제 그만이라며

김들 중1

"엄마 나 모르는 단어 좀 검색할 게"
모르는 단어? 뭐래
단어 찾는다며 켠 컴퓨터
인터넷 열자마자 연예인 기사가 눈에 들어온다

이것만 봐야지
인터넷 기사 다 본다

이제 검색해야지
그런데 웃긴 사진 보며 웃고 있는 날 발견한다

이제 좀만 하고 그만해야지
다시 실시간 검색어를 보고 있다

이것만 보고 끝! 해야지
어? 웹툰 업뎃 됐네

벌써 두 시간째

아,

오늘도 난 길을 잃는다

한숨

이유진 중1

오늘도 한숨을 쉰다
후우우…… 에휴……
공부 때문에? 외모 때문에?
아니, 배고픔 때문에!

오늘도 한숨을 쉰다
오늘은 무엇 때문에?
보고픔 때문에……
누가 보고파?
치킨이 보고파

오늘도 한숨을 쉰다
또 무엇 때문에?
치킨을 먹으니 목이 말라
물을 마셔!
아니, 콜라가 마시고파

오늘도 한숨을 쉰다…… 에효

치킨, 콜라 다 먹었잖니!

그게 아니야……

그럼 왜 한숨이야?

살찔까봐……

한글 사랑

박승훈 중1

서울이 좋아하는 우유

– 서울우유

제주가 좋아하는 우유

– 제주우유

남양이 좋아하는 우유

– 남양우유

건국이 좋아하는 우유

– 건국우유

마지막으로……

세종대왕님이 좋아하는 우유

– ㅏㅑㅓㅕㅗㅛ우유

우리 다 같이 마셔요

머리카락

강지혜 중1

TV 방송을 하네
머리 짧은 연예인이 나오네
왜 이렇게 예뻐 보일까?

나도 자를까?
친구들에게 물어보고
엄마에게 물어보고

미용실에 도착했네
의자에 앉았네.
머리카락이 잘리네.

싹둑싹둑
머리가 떨어지네.
힘없이 땅바닥으로 다이빙하네

눈을 떴네
두근두근 마음으로
거울을 보네

눈에선 눈물 나오려 하고
미용사는 예쁘냐고 물어보고
차마 대답은 못하겠고……

떨어진 머리카락 주워
머리에 붙이고 싶네
시간을 되돌리고 싶네

방

고현호 중3

도현이는 공부방

정호는 PC방

유홍이는 노래방

병훈이는 만화방

신혁이는 빨래방

요한이는 화생방

나는 내 방

햇살 아래 놓인 세상

홍지윤 중3

햇살이 비친 곳은 언제나
희망차고 따뜻한 세상

햇살이 언제나 비치고 있는 세상은
서로서로 따뜻하고 평화롭고 행복한 세상

하지만 햇살이 비치지 않는 곳은
언제나 슬프고 용기를 잃은 세상

햇살 아래 놓인 세상은 언제나
언제나 평화롭고 행복하고 희망에 찬 좋은 세상

그런 햇살 아래 놓인 세상은
언제나 밝고 씩씩한 세상

만화

강민성 중1

심심할 땐 게임같이 신나게
지루할 땐 피구같이 즐겁게
힘들 땐 삶의 활력소가 되는
음악 같은 만화

만화가 춤을 춘다
만화가 노래를 부른다
만화가 사람도 아닌데
왜 그럴까?

나도
하하 호호 노래 부르며
너풀너풀 춤을 추며
밤을 샌다
만화와 함께

의자

강현우 중1

갸우뚱
뒤로 젖혀진
의자

똑깍똑깍
아이들의 무게를 버틴다
두 다리로 말이다.

의자는 힘들겠다.

내복

고민철 중1

내복은 참 따뜻하다

추운 겨울에
내복을 입고
교복을 입으면
춥지가 않네

추운 겨울에
집에서 잘 때도
내복만 입어도
춥지가 않네

내복을 입으면
애들이 초딩이라 놀리지만
나는 내복이 참 좋다

감자칩

전형민 중1

짭쪼롬 감자칩
포카칩, 스윙칩, 수미칩, 포테이토칩
오리지널, 양파맛, 매운맛, 치즈맛
얇게 썬 감자를 튀겨 소금을 뿌리면
맛있는 감자칩

짭쪼롬 감자칩을 먹으면
입에서 짠 맛이 나고 고소한 맛도 난다
계속 계속 먹으면
맛있는 감자칩

짭쪼롬 감자칩을 보면
먹지도 않았는데
짠맛이 나는 것 같다
계속 계속 먹으면
입천장이 찢어진다
그래도 맛있는 감자칩

소리

고동현 중1

소리에는 여러 가지가 있다

멋있는 소리, 더러운 소리
시끄러운 소리, 경쾌한 소리
울리는 소리, 듣기 싫은 소리

이 마을 저 마을 시끌벅적 평화로운 소리
볼 일 볼 때 속 시원한 소리 줄 줄 줄
수업할 때 끝종 치는 경쾌한 소리
내가 싫어하는 소리 풍선 만지작 소리
내가 싫어하는 소리 스티로폼 만지작 소리
다른 사람 모르게 뀌는 방귀 소리
우리 강아지가 나를 반겨 주는 소리
매일 같은 선생님의 잔소리
세월이 가면 그 소리가 그리워질까?

검도 훈련

서용준 중1

좋아서
검도를 시작했지만
하루하루가
지치고 힘들다
수업 시간보다
검도 훈련이 힘들고
검도 훈련보다
점심시간이 즐겁고
힘든 운동보다
수업하는 것이 더 좋다

역시나 운동은
언제나 끝이
좋지 않다

놀이

안광일 중1

노는 것은 좋은 것 같다
힘들거나 슬플 때도
놀다보면 잊게 된다

배가 고플 때도
놀 때는 배고픈 줄 모르고
놀다가 집에 가서
먹을 것을 찾는다

놀고 나면 친구들과도
더욱 친해 질수 있고
새로운 친구도
사귈 수 있다

좋은 점만 있는 것은 아니다
놀다가 집에 돌아갈 때
옷이 더러워져 있으면
엄마에게 혼난다

맛

한은서 중1

사람들은 맛으로 기분을 표현한다
기쁨은 단맛
슬픔은 짠맛

나는 지금 단맛도 짠맛도 아닌
열정이 가득 찬 매운맛이다

친구의 미소 짓는 모습
나는 열정이 가득 차지 않은
모든 사람에게
매운맛을 주고 싶다

부메랑

천재민 중1

던지면
멀리서 날아오는 부메랑

있는 힘껏 던지면 던질수록
멀리 가는 부메랑

요령 있게 던지면
돌아오는 부메랑

아이고 이를 우째
나무에 걸렸네!

떡볶이

고명지 중2

엄마 떡볶이는 황금덩어리
그런데 내 떡볶이는……
당당히 떡볶이 만들겠다며 만든
떡볶이는 내 기대를 비웃으며
입에서는 불이 나고 소금은 오도독 씹히고
냄비 바닥은 새까맣게 타버렸다

먹을 거라곤
차갑게 식은 우유 두 잔
새까만 냄비를 보며
나도 한숨
엄마도 한숨

고기반찬

문예빈 중2

항상 나의 밥상에
올라오던 고기

입매 짧은 동생 덕에
항상 먹던 고기

오늘은 아니다
고기가 올라오지 않았다

동그란 눈으로
엄마를 처다보자
엄마는 몸이 안 좋다 하신다

지금 밥상엔
김치, 시금치, 젓갈
파랗고 빨간 것뿐이다

새벽

김연수 중2

싸한 공기 소리밖에
들리지 않는 지금

입술 모아 숨 내쉬면
엄마 된장찌개 된 듯 김이 나는 지금

살에 스치는 바람이
너무 싱싱해 움츠러든 지금

그냥 좋은 지금
새벽 4시 32분

연필

김태훈 중2

뾰쪽하게 태어났지만
많이 뭉툭해졌지
나 땜에

미끈했던 네 몸통
울퉁불퉁해졌지
나 땜에

깜깜한 구멍 속을
들락거리며 많이 작아졌지
나 땜에

네가 작아질수록
내 꿈은 커져 갔지
네 덕에

변비 1

최진우 중2

똥아 똥아
너, 언제 나올 거니?
너를 본 지 일 주일이나 지났단다
너를 위해 사과를 먹었지만
그래도 오지 않는 똥아 똥아

언제쯤 내게 와 주겠니?
똥을 참았던 내가 잘못이구나
미안하다 똥아
몸속에 있는 소장아 대장아
내가 똥을 만날 수 있게
너희들이 도와줄 수 있니?
배가 아파 못 참겠어
꼭 도와줘, 똥아

똥아 아, 똥아
너 언제 나올 거니?

계란 후라이

안서형 중2

노른자를 품은 흰자가

껍질에 둘러싸여 있다가

그를 두른 후라이팬에 스르르 익어간다

반숙?

완숙?

젓가락으로 노른자를 톡,

터뜨려 먹는

반숙

젓가락으로 찢어 먹는

완숙

윤후가 즐겨먹고

혜지가 좋아하는

노랗고 하얀

계란 후라이

샤프심

양동훈 중2

겉으로는
딱딱하고
차갑고
강해 보여도

사실은
연약하고
잘 부러져도
남을 위해
제 한 몸 희생할 줄 아는

필통

김동수 중2

내가 어디를 가든
따라오는 필통
내가 밥을 주면
좋아서 배가 볼록하네
내가 필요할 때 배를 가르면
허기진 듯 배가 꺼지네
뜨끈뜨끈한 새 밥을 주면
더욱더 볼록한 느낌이 드네
내가 먹여 살리는 필통
나랑 같이 다녀 주는 필통
참 고마운 필통

자

김영민 중2

나는 남자
내가 존경하는 사람은 공자
내 별명은 왕자
내가 먹는 건 피자
네가 먹는 건 감자
홍길동은 양반의 서자
나는 할머니의 손자
세상에서 제일 잘 생긴 경자
세상에서 제일 다리 긴 혜자

침대

박경륜 중2

잠들기 전
내 침대는
허름한 돌침대

잠도 안 오고
놀고만 싶은
야심한 열두 시

잠이 깬 후
내 침대는
부잣집 솜침대

꿀잠들이
마구마구 쏟아지는
꿀 같은 일곱 시

조미료

고정수 중3

세상에는 세상에는
마법의 가루가 있다

그 어떤 음식이라도
맛있게 만들어주는
마법의 가루가 있다

사람들은 사람들은
마법의 가루를 사용한다

자신이 만든 음식에다
마법의 가루를 넣으면
매우 맛있게 되니까

세상에는 세상에는
마법의 가루가 있다

오리털 점퍼

양은비 중3

빠진다 빠진다
계속 빠진다

숭숭 난 구멍 사이로
오리털이 빠진다
그 수많은 오리털들이
하늘 위를 둥둥 떠다닌다

날아간다 날아간다
계속 날아간다

그러다 한 자리에 턱하니
앉아 있다가
조그마한 움직임이나 바람에도
여행을 떠난다
마치 일자리를 찾아 떠나는 사람들처럼

양말

진연정 중3

회색 양말

그 위 연두색

주인은 못난이

불쌍하다

냄새가 날까?

날 것 같다

빕스

김도현 중3

빕스에 갔다
오늘은 꼭 본전 건져야지

접시를 가지고 음식을 해치우러 간다
치킨, 피자, 감자튀김, 날치알, 비빔밥, 옥수수콘, 망고,
아이스크림……
먹을 게 많다

한 접시를 해치우고
두 접시 세 접시 해치우니
먹을 게 없다

벌써 후식을 먹는다
오늘도 본전을 못 건졌다

게임

하정호 중3

게임 한번 해볼까?

밝아지는 모니터
어두워지는 내 미래

뜨거워지는 컴퓨터
차가워지는 엄마 눈빛

높아지는 레벨
낮아지는 내 성적

엮은이의 말

부끄럽지만 당당한, 어설프지만 진솔한

1

여기에 실린 시들은 2013학년도 신엄중학교에 재학 중인 161명의 학생들이 수업 시간 혹은 수행평가를 통해서 '머리에 쥐가 나도록' 쓴 161편의 시입니다. 그러니까 전교생이 한 편씩 쓴 셈이지요.

이런 계획을 학년 초에 아이들에게 설명하니 바로 돌아온 질문이 지금도 생생합니다.

"선생님, 그럼 우리가 시인이 되는 거예요?"

"선생님, 우리 시가 국어책에도 나와요?"

물론 아닙니다.

시 한 편 썼다고 바로 시인이 되는 것도 아니고, 국어책에는 더더욱 실리지도 않습니다. 오히려 학생시를 책으로 묶으려는 게 지나치게 무모한 짓이 아닌가 하는 두려움이 앞섰습니다. 그래서 망설이기도 했습니다. 그러나 몇 가지 이유에서 계획대로 추진하기로 마음먹었습니다.

2

우선 요즘 중학생 아이들에게 '시'는 대체 어떤 의미일까를 물었지요. 아이들의 답은 예상대로 명료했습니다. 다섯 가지 중에 하나를 맞춰야 하는, 아니면 자신의 생각과는 별개로 선생님이 가르쳐 준 대로, 참고서에 나온 대로 써야 하는 '시험 문제'일 뿐이었습니다. 문제를 맞히면 시는 좋은 것이고, 틀리면 시는 짜증 나는 것이었습니다. 한 편의 시를 읽고 자신만의 눈높이에서 느끼고 감상한 바를 서로 나누는 소통의 공간은 그 어디에도 존재하지 않았습니다.

그리고 그런 아이들에게 시를 돌려주고 싶었습니다. 시를 가까이하면서 시의 마음을 느끼게 하고 싶었지요. 시험 문제로서의 시가 아니라 내가 쓴 시를 친구들 앞에 보임으로써 마음의 창을 열어 주고 싶었습니다. 그래서 이 책에는 좋은 시, 좋지 않은 시의 구분이 없습니다. 다만 내가 쓴 시, 친구들이 쓴 시가 있을 뿐입니다. 그러다 보니 키가 큰 시가 있는 반면 키가 작은 시가 있고, 잘 생긴 시가 있는 반면 못생긴 시가 있습니다. 뚱뚱한 시가 있는 반면 홀쭉한 시가 있을 뿐입니다. 161명 신엄중학교 아이들의 꾸밈없는 얼굴들입니다.

3

끝으로 내가 쓴 시도 시가 된다는 걸 스스로 느끼게 해 주고 싶었지요. 시 쓰기가 결코 어렵지 않다는 걸 알게 하고 싶었지요. 물론 전문가들의 시와는 큰 차이가 있겠지만 나만의 이야기를 나만의 목소리로 친구들에게 들려줄 수 있음을 알게 해 주고 싶었습니다. 교과서에 실려 있는 것만이 시가 아니라 내가 쓴 것도 시라는 걸 부끄럽지만 당당하게, 어설프지만 진솔하게 친구에게 부모님께 혹은 선생님께 말을 걸도록 해 주고 싶었습니다.

우리가 가르치는 아이들이라 용기를 내었지만 묶고 보니 여간 부끄러운 게 아닙니다. 그럼에도 불구하고 용기를 북돋아 준 조재도 시인 그리고 작은숲출판사 강봉구 대표님께 학생들을 대신해서 고마운 마음을 전합니다. 아무튼 이 한 권의 책이 우리 아이들에게 '꿈으로 다가서는 징검다리'가 되었으면 하는 바람입니다.

2014년 1월 신엄중학교

김수열·이경미

 이 책에 삽화를 그린 학생들

표지그림
김들

본문그림
강혜민, 고애경, 고주호, 김현지, 박승훈, 서유지, 신진혁, 이다은,
정승연, 지혜영, 한은서